Komm mich doch
in meinen Träumen besuchen,
dann essen wir zusammen
Schokokuchen

TrostPoesie

FÜR ALLE, DIE EINEN BESONDEREN MENSCHEN VERLOREN HABEN ODER TRÖSTEN MÖCHTEN

Mit einzigartigen Fotos von Stella & Baptist

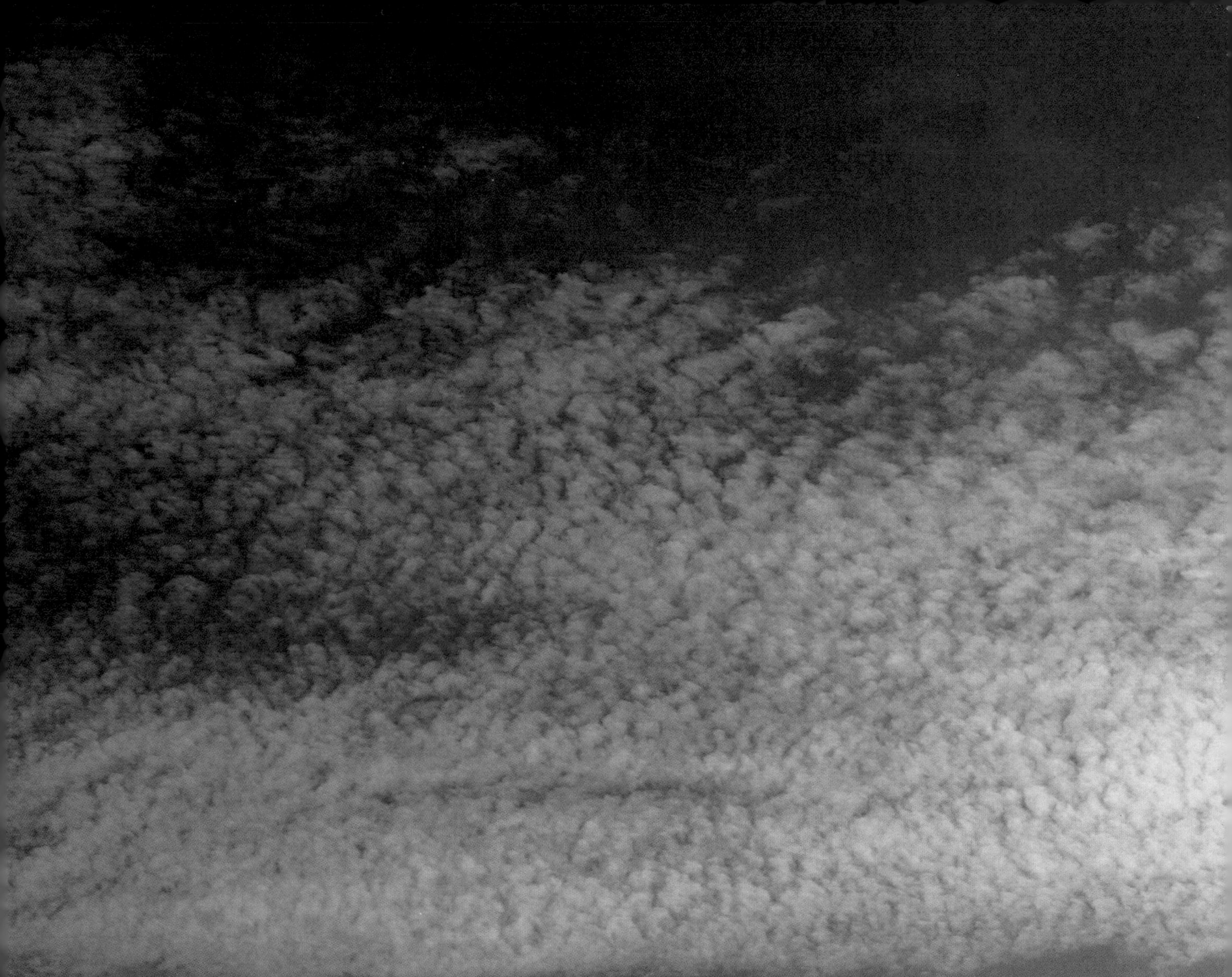

Impressum

Autorin: „Stella" (Manuela Fischer)

Auflage: Erstauflage
ISBN Hardcover: 978-3-9818977-0-8

Konzept, Gestaltung & Grafik:
„Stella & Baptist" (Manuela Fischer und Thomas Fischer)

Mitwirkende:
„Stella" (Manuela Fischer) - Idee, Grafik, Texte, Fotografie
„Baptist" (Thomas Fischer) - Grafik, Fotografie

Bildnachweis / Fotografie:
Glücksvilla® Verlag & Online-Galerie, Künstlerpaar „Stella & Baptist"

Verlag:
Glücksvilla® - Schönes macht glücklich
Erdmannhäuser Straße 22
D-71563 Affalterbach

Druck: WIRmachenDRUCK GmbH, D-71522 Backnang
Printed in Germany

Bibliografische Information der Deutschen Nationalbibliothek:
Die Deutsche Nationalbibliothek verzeichnet diese Publikation in der Deutschen
Nationalbibliografie; detaillierte bibliografische Daten sind im Internet über
http://dnb.d-nb.de abrufbar.

Dieses Buch möchten wir folgenden
lieben Menschen widmen, die uns
bereits verlassen haben:

Meiner Großmutter Nonna,
Baptist`s Vater,
meinem Ex-Schwiegervater Dieter.

*Stella & Bap

VORWORT

Liebe Leserin, lieber Leser,

vermutlich ist der Anlass, dass Sie dieses Buch in Händen halten, ein trauriger. Vielleicht haben Sie einen geliebten Menschen verloren oder Sie möchten jemandem beistehen, dem es so ergeht. Auch für mich war dies der Grund, warum ich dieses Buch geschrieben habe.

Wenn der Tod in das Leben tritt, ist es für die Angehörigen - auch wenn er sich bereits angekündigt hat - häufig eine sehr lähmende Erfahrung. Man fühlt sich hilflos, traurig und ist auch mit den vielen anstehenden Aufgaben überfordert.

Oft weiß man bei einem Trauerfall nicht, was man schicken kann. Geld ist ausreichend vorhanden, Blumen sind nicht gewünscht und die richtigen Worte zu finden, ist schwierig.

Dieses Buch möchte den Angehörigen mit tröstenden Worten und wunderschönen Fotografien von Stella & Baptist zur Seite stehen, helfen die schwierige Zeit leichter zu überstehen und neuen Lebensmut schenken.

Außerdem finden sich in diesem Band viele hilfreiche Zitate, die auch für private Traueranzeigen und -karten verwendet werden können.

Stella & Baptist

GRABINSCHRIFT AUS FRANKREICH

Der Tod ist nichts. Wir sind nur in den Raum nebenan gegangen. Was wir einander waren, sind wir immer noch. Gebt uns die Namen, die ihr uns immer gegeben habt. Sprecht über uns, wie ihr es immer getan habt. Verwendet keinen anderen Ton, keinen feierlichen und keinen traurigen. Lacht weiter über das, was uns zusammen zum Lachen brachte. Betet, lächelt, denkt an uns, sprecht unseren Namen aus wie immer. Ohne Betonung jeglicher Art, ohne Schatten. Der Faden wird nicht abgeschnitten. Warum sollten wir aus euren Gedanken sein, einfach weil wir aus eurer Sichtweite sind? Wir erwarten euch. Wir sind nicht weit weg, nur auf der anderen Seite der Straße. Ihr seht, alles ist gut.

Komm mich doch in meinen
Träumen besuchen,
dann essen wir zusammen
Schokokuchen. Stella

Durch das
Fenster der Erinnerung
sehen wir uns wieder. Stella

Die **Wellen** bringen die **Traurigkeit**,
und nehmen sie auch wieder mit hinaus –
in den weiten **Ozean**, der in jeder **Träne**
von **Glück**, **Leben** und **Liebe** liest. Stella

Mit Dir war die **Welt** so bunt.
Die **Farben** Deines **Lebens**
erstrahlen auf dem **Bild**,
das Deinen **Namen** trägt. Stella

Durch alle Welten, alle Zeit:
Die Liebe bleibt! Stella

Wenn der **Weg** auf Erden
zu **Ende** geht,
fliegt die **Seele** davon,
es wird leicht und schön! Stella

Die **Tragik** des Todes
trifft meist nur die, die geblieben sind.
Die, die gegangen sind, haben
ihren **Frieden** gefunden. Stella

Und plötzlich bist du
es nicht mehr –
ein **Erdenkind**.
Jetzt bist du
ein **Himmelskind**,
und die Erinnerungen an Dich
funkeln wie strahlende Sterne
in unseren Herzen. Stella

Die Sterne sollen Dir leuchten
in die Unendlichkeit.
Die Engel sollen Dich begleiten
in die Glückseeligkeit.
Meine Liebe wird bei Dir sein
in alle Ewigkeit! Stella

Wie an einem Grashalm
halten wir an diesem Leben fest,
weil wir nicht wissen was danach kommt.
Wir bedauern diejenigen,
deren Grashalm brach.
Nun schweben sie über uns
und belächeln wissend
unser Unwissen. Stella

Erinnerungen, Worte
und die Liebe bleiben,
nur die Seele geht. Stella

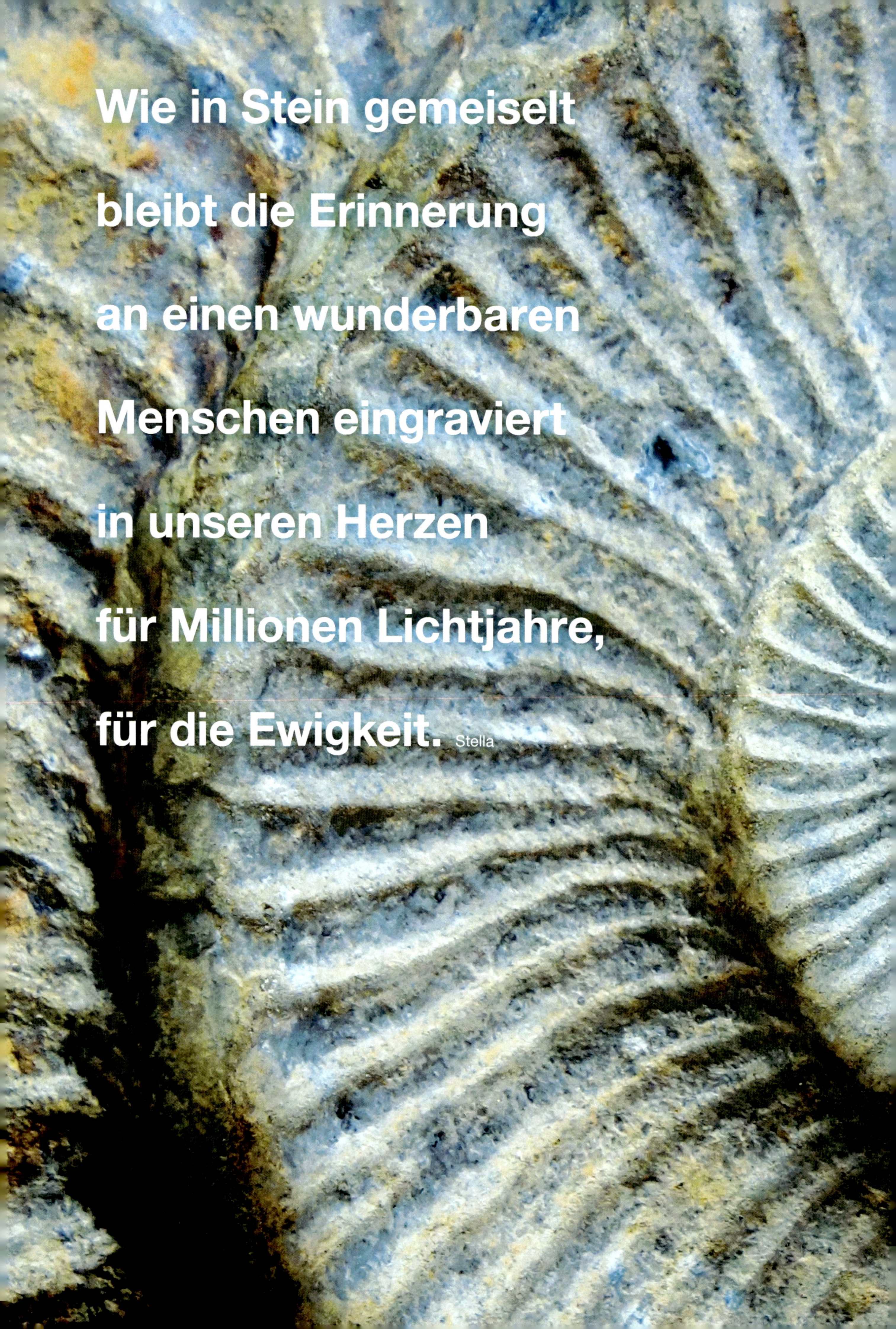

Wie in Stein gemeiselt
bleibt die Erinnerung
an einen wunderbaren
Menschen eingraviert
in unseren Herzen
für Millionen Lichtjahre,
für die Ewigkeit. Stella

Geboren werden,
leben, sterben –
alles ist untrennbar
miteinander verbunden,
vollkommen natürlich
und unabänderlich.
Es hilft kein verhandeln
und kein debattieren,
es bleibt uns nur,
zu akzeptieren. Stella

Wer mit sich den inneren Frieden gemacht,
wer im Leben geweint, gelacht,
wer die Liebe hat gekannt,
wer den Genuss nicht hat verkannt,
wer schöne Länder hat gesehn,
der darf glücklich und zufrieden gehn. Stella

Ihr lieben Engel,
ihr wunderbaren Wesen,

welch herrlichen Trost ihr mir spendet,
welch schöne Verheißung ihr mir sendet.
Die größten Ängste habt ihr mir genommen,
die schlimmsten Befürchtungen sind zerronnen.
Wenn meine Augen sich jetzt schließen,
darf ich neue Welten wohl genießen,
darf ich mit Euch in das Licht entschweben,
die Geheimnisse des Himmels dann erleben.
Ich danke euch, dass ihr mich begleitet
mir eine schöne Reise vorbereitet,
die Traurigkeit lass ich hier auf Erden,
denn im Himmel werd ich glücklich werden!

Stella

Wenn die **Sonne** hier untergeht,
geht sie woanders wieder auf.
Es gibt keinen **Stillstand**,
es geht immer weiter.
Stella

Unsere Seelen
für immer
sind verbunden -
du da oben,
ich da unten.

Stella

Mit sanftem **Flügelschlag**
hinweggetragen in die **Ewigkeit.** Stella

Jetzt ist es soweit,
es ist vorbei, das irdische **Leben**.
Viel **Schönes** hab ich erlebt,
und auch viel **Schweres**.
Und nun, seit meine **Seele**
dem **Körper** entstiegen,
kann sie endlich wieder fliegen! Stella

Ein lieblich sanfter *Engel*
umfasst mich zart
und schwebt mit mir
zum strahlenden *Licht.*
Wie herrlich, wie herrlich!

Stella

In der **Natur** spazieren gehen und **Trost** finden
in den leise geflüsterten **Worten** des Windes,
in den wärmenden Strahlen der **Sonne**
und der unendlichen **Weite** des Himmels,
das bringt innere **Ruhe** und neue **Kraft**. Stella

Die Zeit ist die **Trösterin**,
die uns das **Herz** wieder
leichter werden lässt,
die uns **Hoffnung** schenkt
und **Lebensfreude** schickt.

Stella

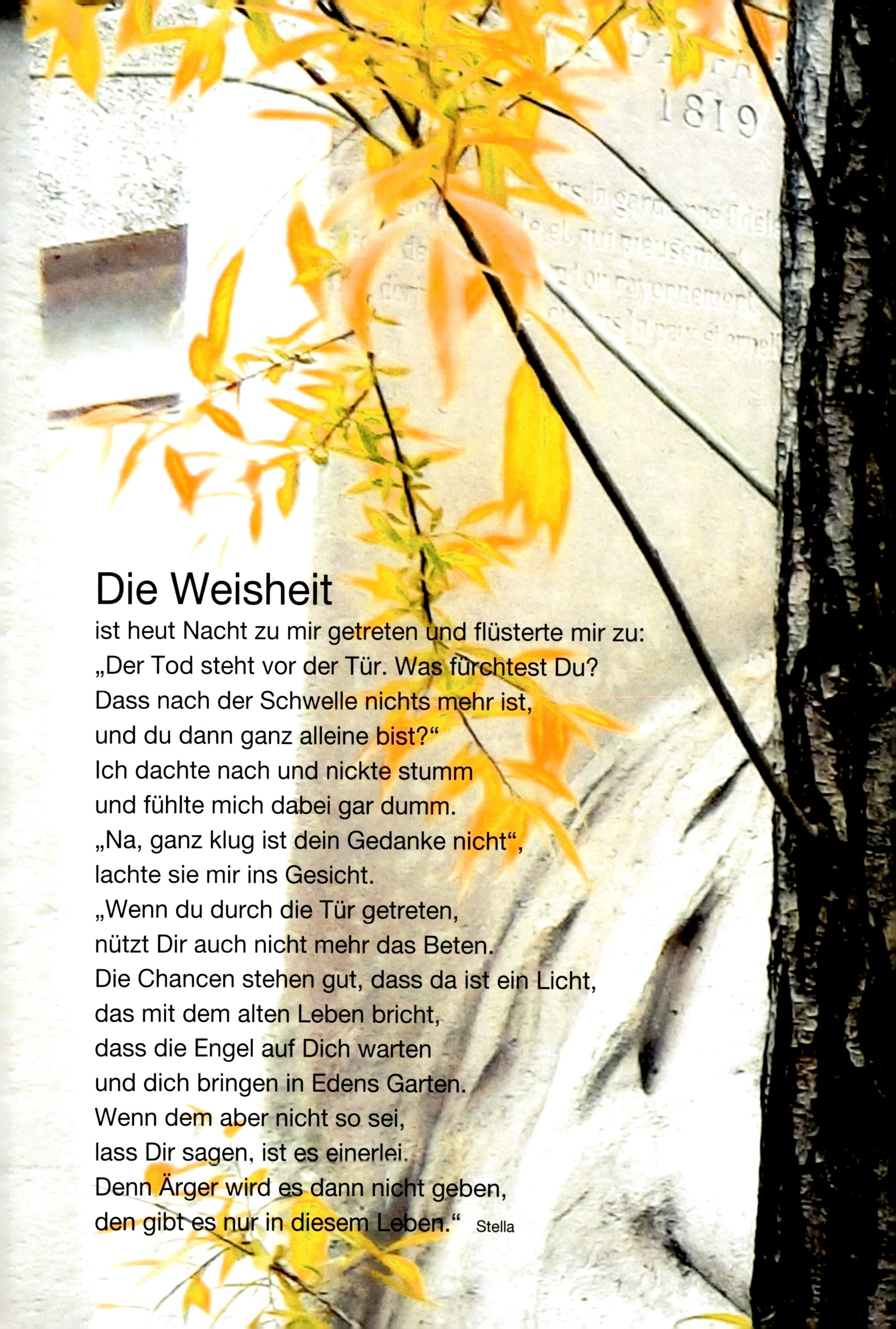

Die Weisheit

ist heut Nacht zu mir getreten und flüsterte mir zu:
„Der Tod steht vor der Tür. Was fürchtest Du?
Dass nach der Schwelle nichts mehr ist,
und du dann ganz alleine bist?“
Ich dachte nach und nickte stumm
und fühlte mich dabei gar dumm.
„Na, ganz klug ist dein Gedanke nicht“,
lachte sie mir ins Gesicht.
„Wenn du durch die Tür getreten,
nützt Dir auch nicht mehr das Beten.
Die Chancen stehen gut, dass da ist ein Licht,
das mit dem alten Leben bricht,
dass die Engel auf Dich warten
und dich bringen in Edens Garten.
Wenn dem aber nicht so sei,
lass Dir sagen, ist es einerlei.
Denn Ärger wird es dann nicht geben,
den gibt es nur in diesem Leben.“ Stella

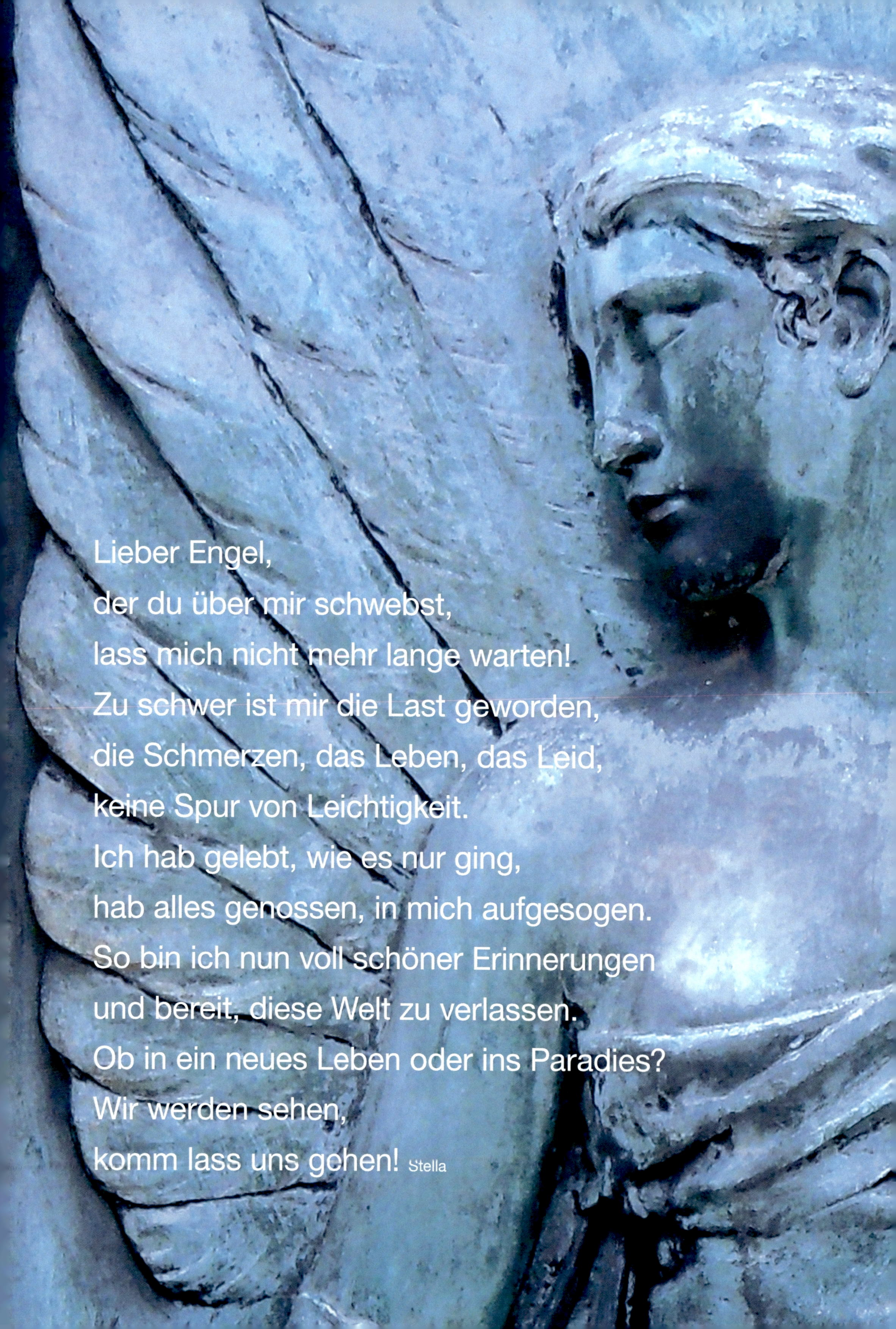

Lieber Engel,
der du über mir schwebst,
lass mich nicht mehr lange warten!
Zu schwer ist mir die Last geworden,
die Schmerzen, das Leben, das Leid,
keine Spur von Leichtigkeit.
Ich hab gelebt, wie es nur ging,
hab alles genossen, in mich aufgesogen.
So bin ich nun voll schöner Erinnerungen
und bereit, diese Welt zu verlassen.
Ob in ein neues Leben oder ins Paradies?
Wir werden sehen,
komm lass uns gehen! Stella

Du hast es geschafft! Jetzt werden die großen **Geheimnisse** gelüftet und du darfst sehen, wie es hinter dem **Horizont** weiter geht. Stella

So jung

So jung bist du von uns gegangen,
Tränen laufen über meine Wangen,
nur wenige Jahre waren dir geschenkt,
ich weiß – alles ist von Gott gelenkt.

Auch wenn ich es nie verstehen werde,
geb ich dich zurück der Erde.
Schweren Herzens lass ich Dich in Liebe los,
Ich weiß - Gottes Güte ist groß.

Trotz Sehnen werde ich dich nicht binden,
deine Seele darf nun Frieden finden.
Ich lasse Dich mutig gehen,
ich weiß – Gott wird mich verstehen.

Dein Bild hab ich in mein Herz gebettet,
dein Lachen in die Erinnerung gerettet.
Alles ist jetzt vorbereitet,
Ich weiß, dass Gott dich in das Paradies begleitet.

Gute Reise! Stella

FAMILLE
BENARD-DAN

Wie rote Rosenblätter waren
die Augenblicke mit Dir.
Traumhaft schön, einzigartig
und bezaubernd. Stella

Mein Geliebter,

still und heimlich in der Nacht,
von mir gänzlich unbewacht,
bist du ins Himmelreich verschwunden,
oh Gott, wie ist mein Herz geschunden!
Von oben schaust du auf mich herunter
Und erwartest von mir große Wunder.
Ohne Dich soll ich nun weiterleben,
mit Leichtigkeit durchs Leben schweben.

Nun denn, wenn dies ist jetzt dein letzter Wille,
so nehm ich mir die Lebensbrille,
zu schauen auf die schönen Sachen,
die uns Menschen Freude machen.
Gib mir noch ein paar Tage Zeit,
dann bin ich sicherlich so weit.
Unsre Seelen für immer sind verbunden –
du da oben, ich da unten.

Des Nachts schau ich hinauf zum Himmelszelt,
und du auf unsre irdene Welt,
und wenn sich unsere Seelen in der Mitte treffen
und sich meine Tränen Bahnen brechen,
bist du bei mir und flüsterst mir ins Ohr,
ich soll lauschen dem hellen Engels-Chor,
wie er singt und freudig jubiliert:
Alles ist gut, du wirst geliebt! Stella

Nach einem erfüllten Leben,
an dessen Ende der Schmerz steht,
ist es ein Geschenk,
wieder gehen zu dürfen. Stella

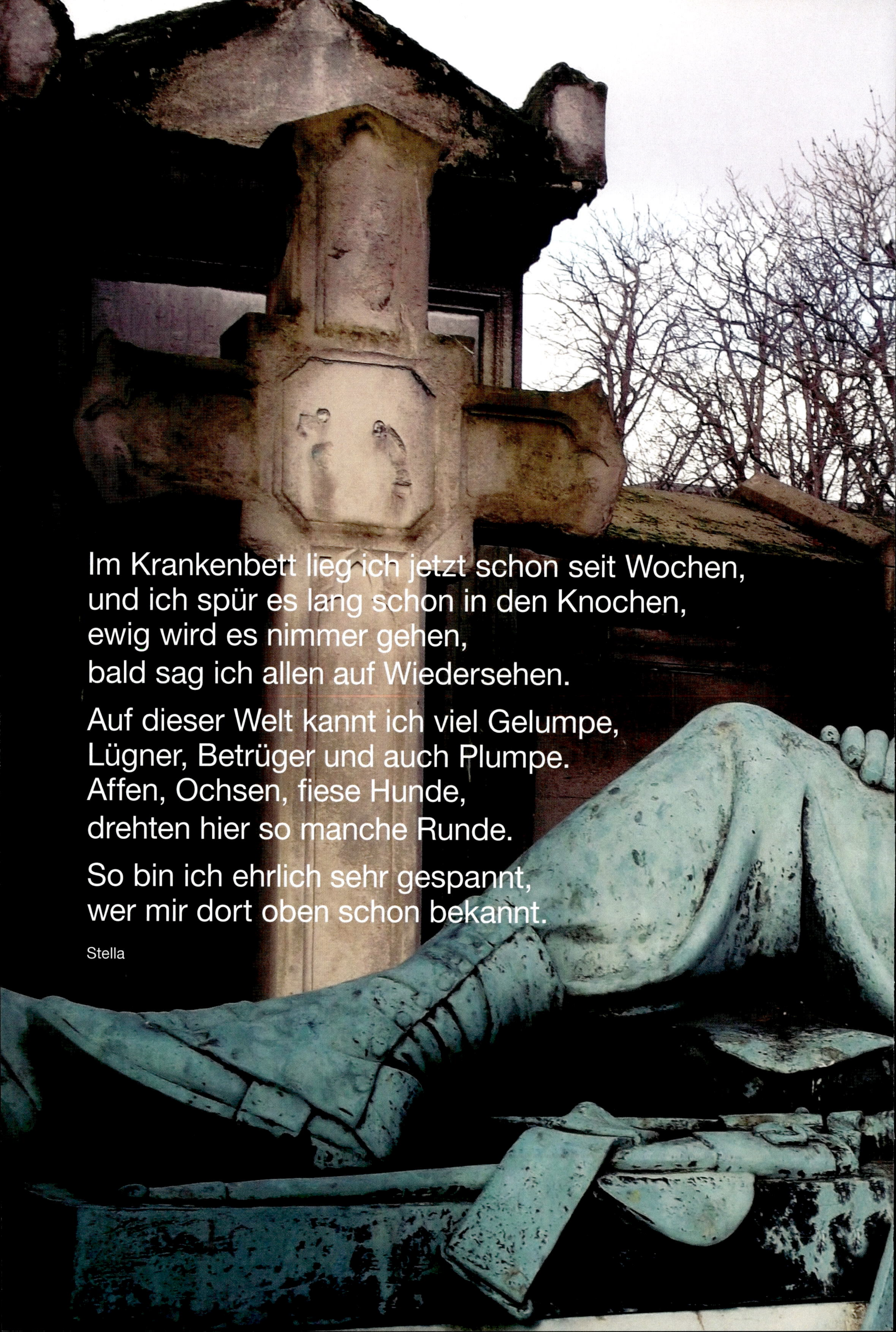

Im Krankenbett lieg ich jetzt schon seit Wochen,
und ich spür es lang schon in den Knochen,
ewig wird es nimmer gehen,
bald sag ich allen auf Wiedersehen.

Auf dieser Welt kannt ich viel Gelumpe,
Lügner, Betrüger und auch Plumpe.
Affen, Ochsen, fiese Hunde,
drehten hier so manche Runde.

So bin ich ehrlich sehr gespannt,
wer mir dort oben schon bekannt.

Stella

Danke
für deine Freundschaft.
Danke
für die vielen schönen Stunden.
Danke
für deine wundervolle Art.
Danke
dass Du bei uns warst!

Stella

Stella & Baptist

Wir - das Künstlerpaar Stella & Baptist - sind uns 2013 auf wundersame Weise begegnet. Seitdem reisen wir fotografierend durch Europa. Die Welt ist wunderschön! Und oft erzählen gerade die kleinen Dinge Geschichten, die uns erinnern und berühren.

Hinzugekommen ist jetzt unser erstes Buch mit unseren Fotokunstmotiven und Texten unter dem Titel „TrostPoesie" und eine Reihe von Klappkarten für verschiedene Anlässe, die wir z.B. als „TrostKästchen", „HerzKästchen", „GlückwunschKästchen" und „GlücksKästchen" anbieten.

Stella Sie gründete bereits im Alter von 20 Jahren ihre erste Werbeagentur in Frankreich, wo sie mehrere Jahre am Atlantik lebte. Damals entstand auch die große Liebe zu diesem Land, aus welchem die meisten Kunstwerke von Stella & Baptist stammen. Zurück in Deutschland tauchte sie immer mehr in die Kunstwelt ein.

Eigene Ausstellungen mit Acrylbildern, die Mitgliedschaft im Künstlerbund Marbach, Gestaltung eines 3 Meter hohen Holzbuches zu Ehren von Friedrich Schiller im Schillerjahr, Mitwirken bei diversen Theaterprojekten, Gestalten von kreativen Kostümen für Modeschauen sowie eine freiberufliche, 7-jährige Mitarbeit in einem Fotostudio sind nur einige Beispiele ihres kreativen Wirkens.

Den Künstlernamen „Stella" wählte sie, weil ihre italienische Großmutter sie bereits als Kind so nannte. Eine Hommage.

Baptist ist seit vielen Jahren in der Werbung tätig. Schon sein Vater war ein begeisterter Hobbyfotograf, welcher die Leidenschaft für die Fotografie in ihm entfachte. Deshalb kaufte er sich schon mit 10 Jahren von seinem ersparten Taschengeld die erste kleine Kamera. Später jedoch nahm die Fotokunst immer mehr Einzug in sein berufliche Umfeld.

Spätestens mit der Gründung seiner eigenen Webeagentur „en vague Creativagentur" gehörte die Fotografie inklusive der Bildbearbeitung zum festen Dienstleistungsportfolio. Den Künstlernamen Baptist wählte er in liebevoller Erinnerung an seinen Vater, dessen Vorname so lautete.